CLAIRE BRETECHER

Die Frustrierten 3

ROWOHLT

«Les Frustrés 3» erschien 1978 im Selbstverlag von Claire Bretécher
in Paris

Deutsche Texte von Rita Lutrand und Wolfgang Mönninghoff

1. Auflage August 1979
Copyright © 1979 by Rowohlt Verlag GmbH, Reinbek bei Hamburg
Les Frustrés 3 Copyright © Claire Bretécher 1978
Alle deutschen Rechte vorbehalten
Gesamtherstellung Clausen & Bosse, Leck
Printed in Germany
ISBN 3 498 00457 3

BEKLEMMUNGEN

Es muß daran erinnert werden, daß die Hoden frei getragen und leicht unter Körpertemperatur gehalten werden sollten. Durch zu enge Hosen eingezwängt und erhitzt, verlieren sie einen großen Teil ihrer wunderbaren Kräfte. Hierzu stellt Professor Netter ergänzend fest, daß die Liebeskraft der Franzosen bedenklich zurückgeht und ihr Sperma erschreckend verarmt.

BRETECHER

BLAUER DUNST

Ich hab eine fabelhafte neue Zigarettenspitze...

... mit Dreifachfilter: Aktivkohle, organische Sägespäne und reine Wolle. Schluckt 62% Nikotin und 54% Teer. Kennst du das?

Ein Plastikmundstück, das man einfach drüberschiebt. Praktisch unsichtbar...

der Dreck setzt sich ab. Ich hab erst zwei geraucht, und schon sieht's schweinisch aus.

Nach fünf Zigaretten schmeißt man das Mundstück weg, randvoll mit Sabber.

Alles das gleiche Prinzip.

Wenn ich meine aufschraube, sieht man auch die ganze Schweinerei. Schon, aber sie ist nicht durchsichtig.

In meinem sieht man, wie der Dreck mit jeder Minute mehr wird. Und einem wird richtig klar, was man so alles inhaliert. Widerlich.

Ich hab erst drei, und guck mal, was da schon zusammengekommen ist.

Hier.

Echt schlimm.

Wenn man bedenkt, daß ich all diese Scheiße in meiner Lunge haben könnte...

Sobald meins voll ist, versuch ich mal deins.

— BRETECHER —

M WIE FRAU

F WIE MANN

BRETÉCHER

ES WAR SCHON IMMER ETWAS TEURER...

KINDERDUFT

EIN LÖFFELCHEN FÜR PAPA

SCHULSTRESS

1. Ich muß unbedingt Frédéric im Rechnen einholen. Heute hatte er wieder eine 2 plus. Das ist echt gemein!

2. Voriges Jahr standen wir gleich, aber jetzt kriegt er Nachhilfestunden, der Blödmann.

3. In den Ferien krieg ich auch welche, sagt mein Vater. Ich kann keine Rechtschreibung.

4. Ich hab schon in der Vorschule schreiben gelernt. — Du hast es gut!

5. Mein großer Vetter ist wegen Rechtschreibung nicht auf die Mittelschule gekommen.

6. Und wo ist er jetzt? — Im Internat...

7. Wenn meine Schwester sich anstrengt, kommt sie aufs Lyzeum. — Klar, dein Vater ist ja auch Arzt.

8. Und meine Mutter arbeitet jedes Wochenende mit mir. Meinen Eltern ist die Schule scheißegal!

9. *(ohne Text)*

10. Was ist denn mit euch los!

11. Ich hab Pfannkuchen für euch, das bringt euch auf andere Gedanken.

12. Wer zuerst fertig ist. Auf los geht's los...

— BRETÉCHER

KLEINE GESCHENKE

BRETECHER

LEBEN AUF DEM LANDE

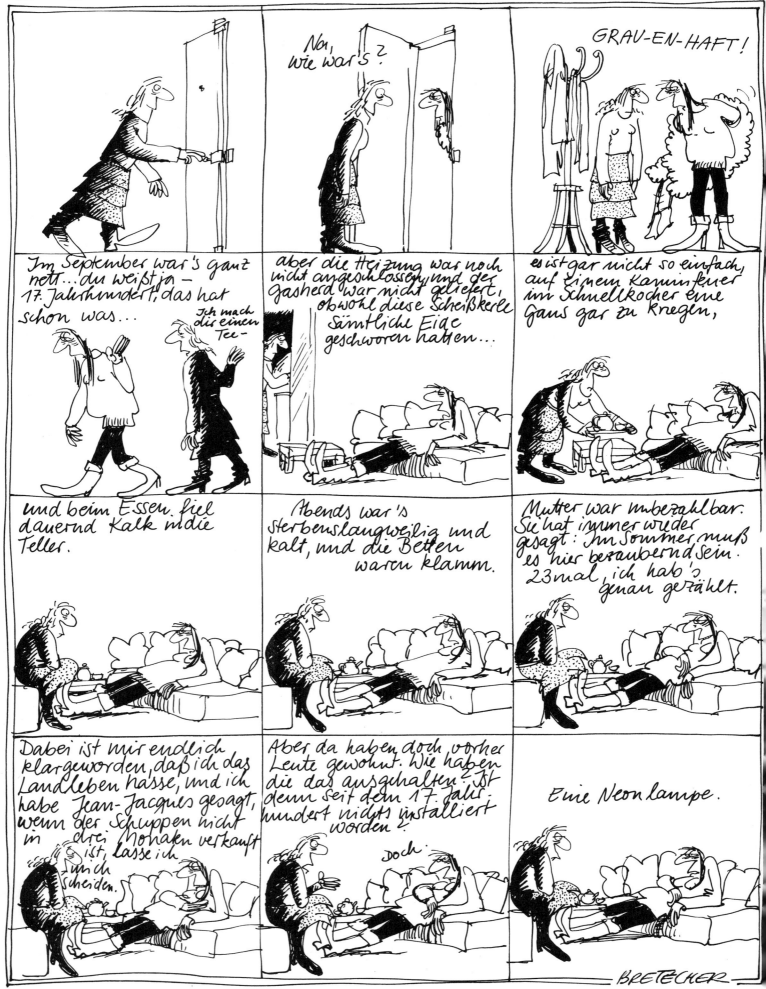

DAS RECHT AUF ARBEIT

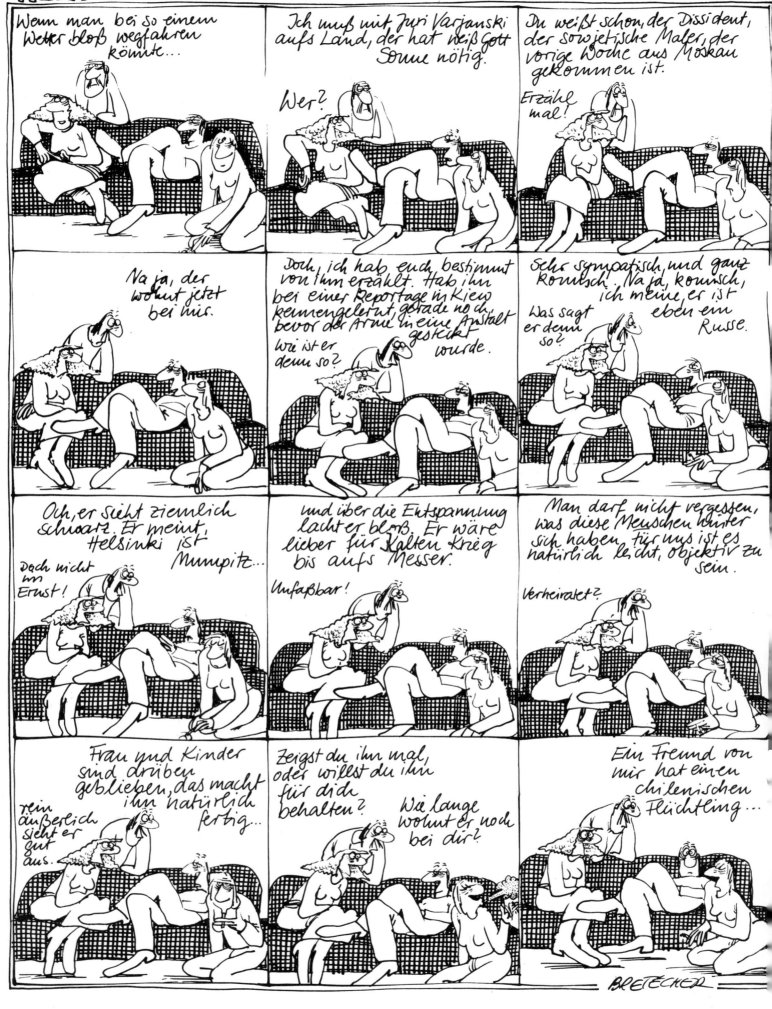

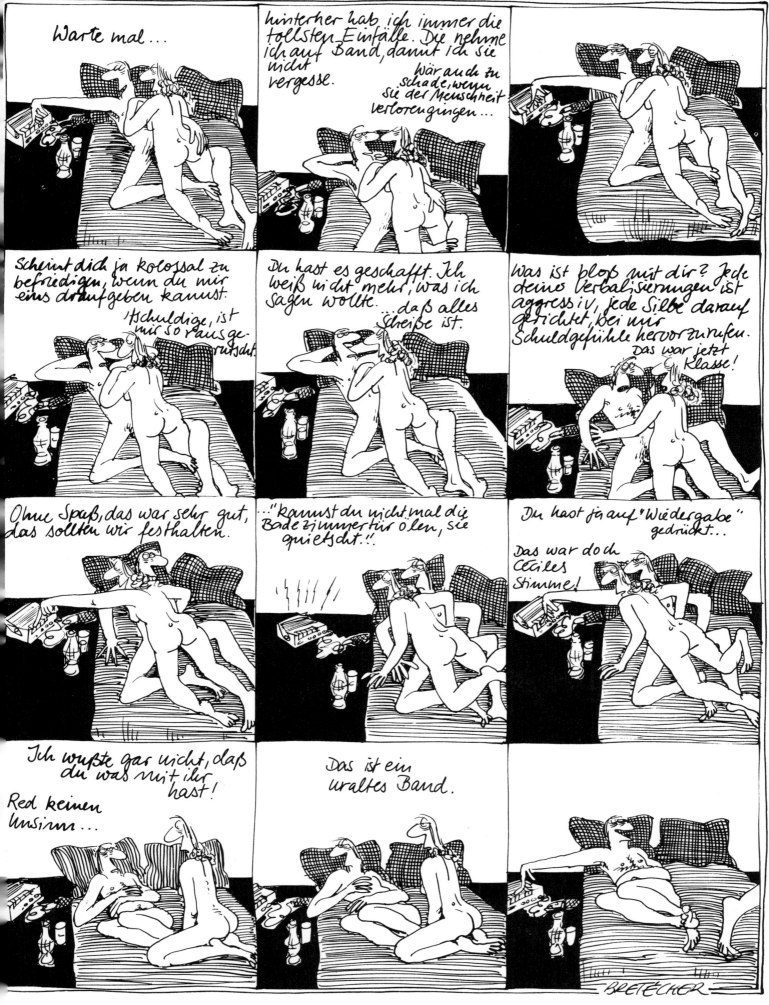

ENDIVIENSALAT

KREATIVITÄT

DANKE, ICH TRINKE NICHTS

ALTKLEIDERSAMMLUNG

VERSUCHSKANINCHEN

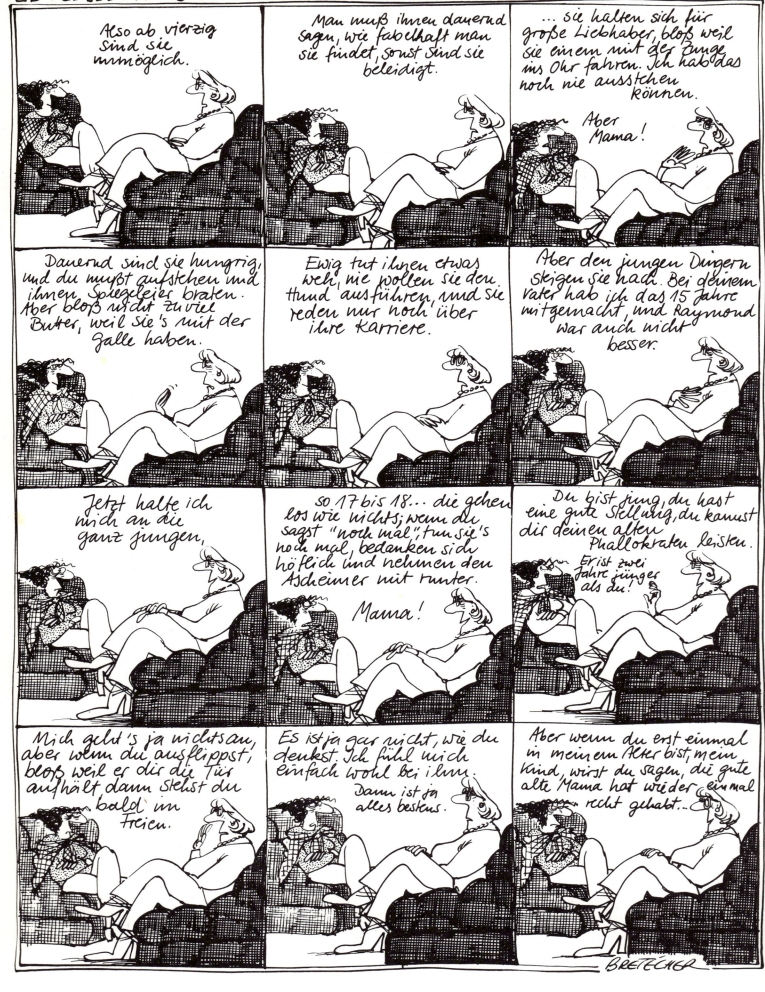

DAS GROSSE SCHWARZE LOCH

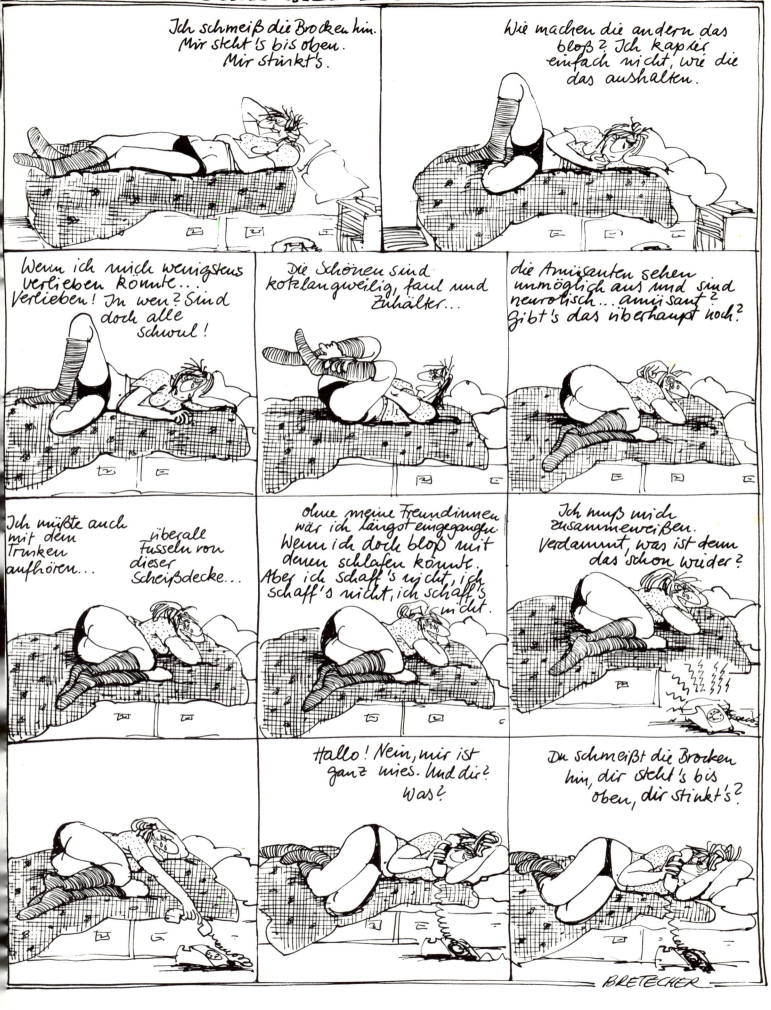

WAS VON DER LIEBE BLEIBT

Ich hab fünf hinter mir. — **Ich acht.**

Ich zwölf, aber die letzten drei in London, das zählt nicht. — **Nein.**

Das erste Mal in einer finsteren Portierswohnung auf dem Küchentisch und eine widerliche Katze saß daneben.

Bei mir war's eine obskure Masseuse hinter der Oper. Grauenhaft! — **Die dicke Blonde?**

Erinnerst du dich noch an den Arzt, avenue Mozart, der zehn Scheine verlangte und uns Huren nannte? — **Der Drecksack!**

Und Sophie, ganz allein in ihrer winzigen Bude. Die hatte nie Schwierigkeiten... — **Doch, beim letzten Mal,**

als sie mit diesem reichen Macker zusammen war, Privatklinik mit allem Drum und Dran, und zack, Blutvergiftung. Das war knapp. — **Wußte ich gar nicht.** — **Danach hat sie dann ihre Kinder gekriegt.**

Du kennst doch Sophies Mutter, stockkatholisch. Sie tauchte immer überraschend bei ihr auf, um zu sehen, ob sie auch allein war.

Einmal kam sie gerade, als die Sonde eben raus war, sie hat nichts gemerkt! — **Ich.. wär gestorben!** — **Denk bloß!**

und der süße Assistenzarzt! Der war _zu_ nett... Er hat übrigens sein Geld nie gekriegt... — **Ja, das war ein Schatz...**

Die Gören von heute haben ja keine Ahnung! Ich hab das mal meiner kleinen Schwester erzählt, die hat mich angesehen, als ob ich 14-18 dabeigewesen wäre.

BRETECHER

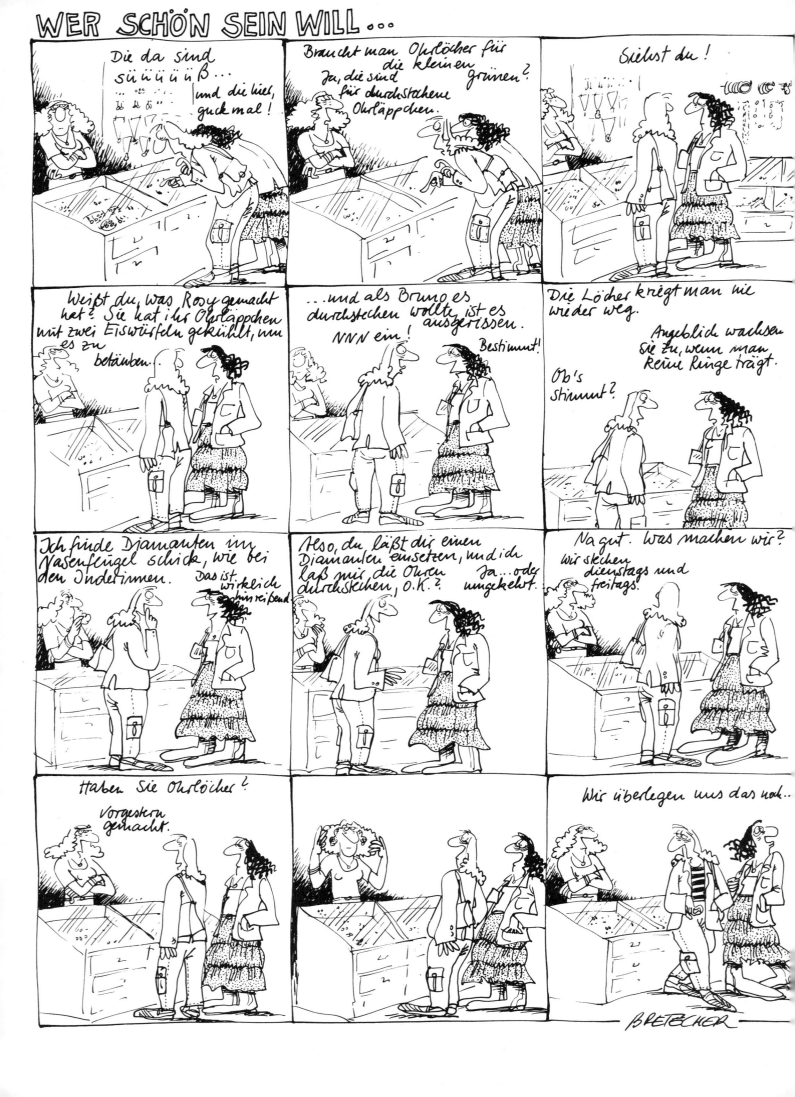

STREIK

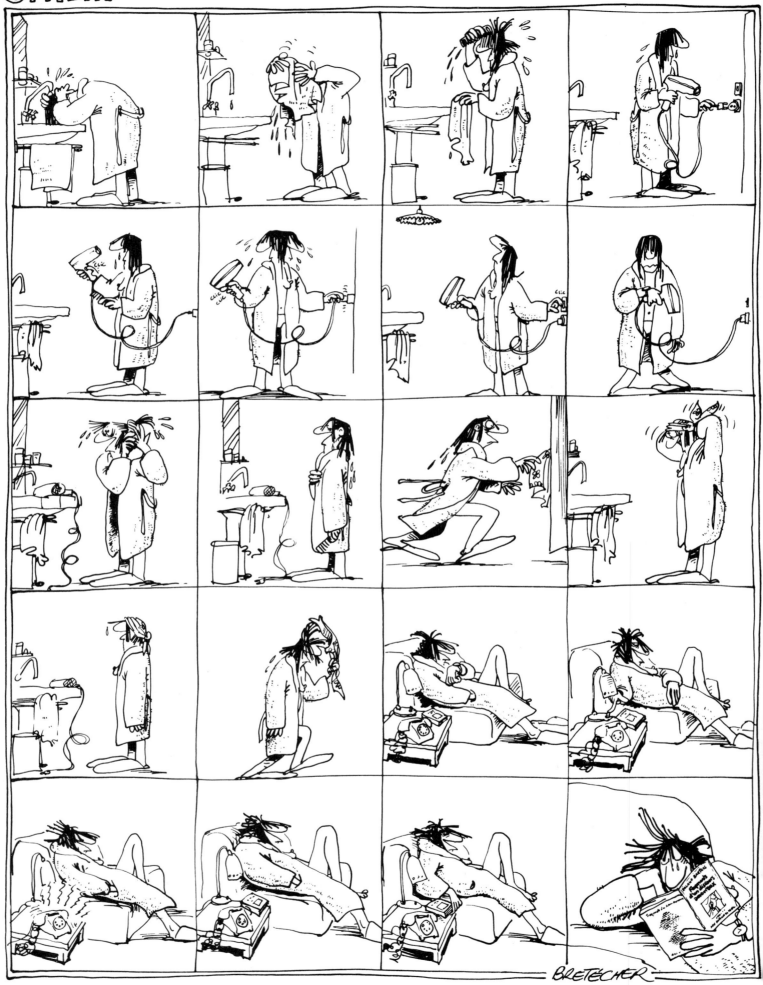

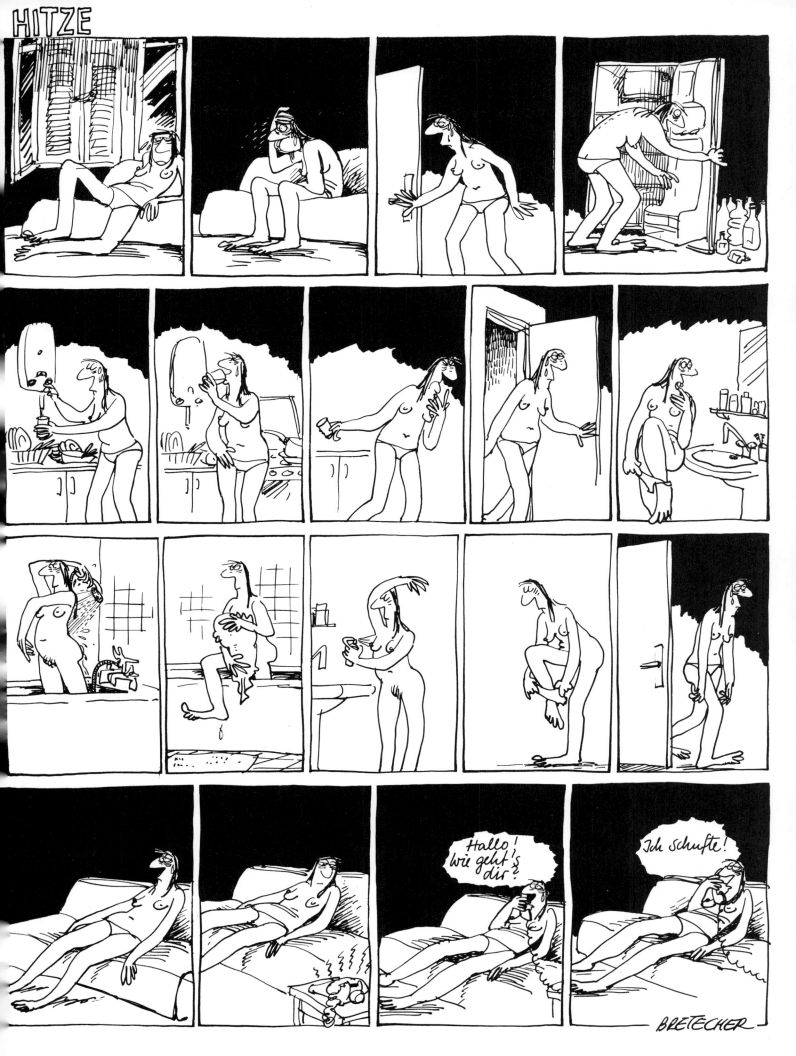

SONNENBRAND

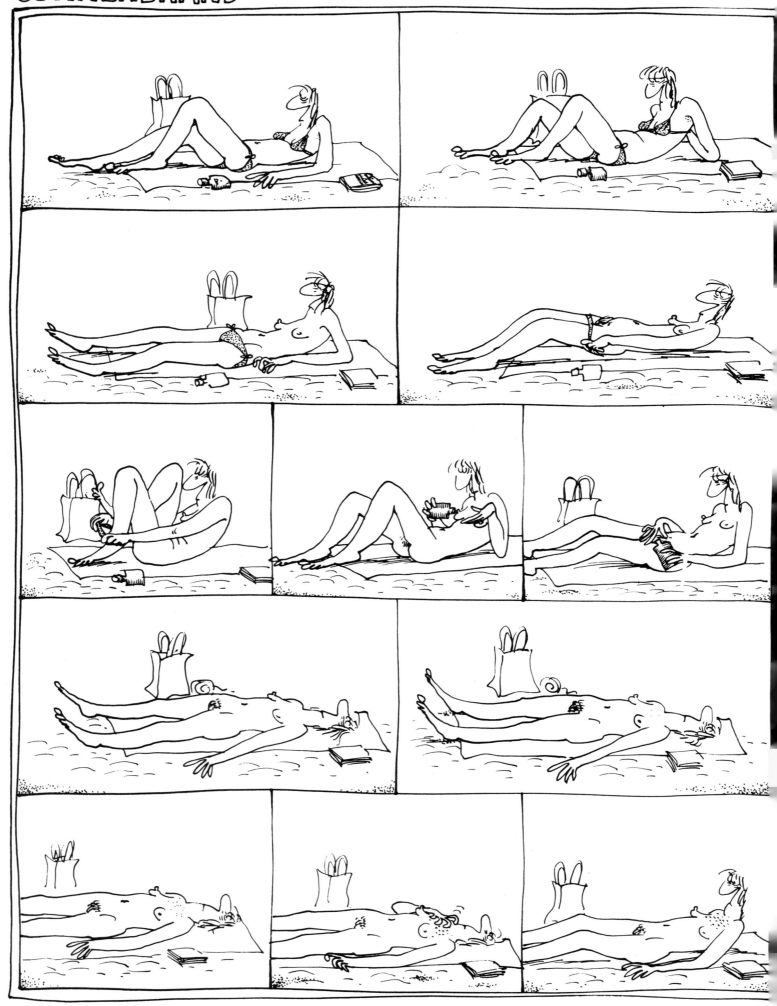

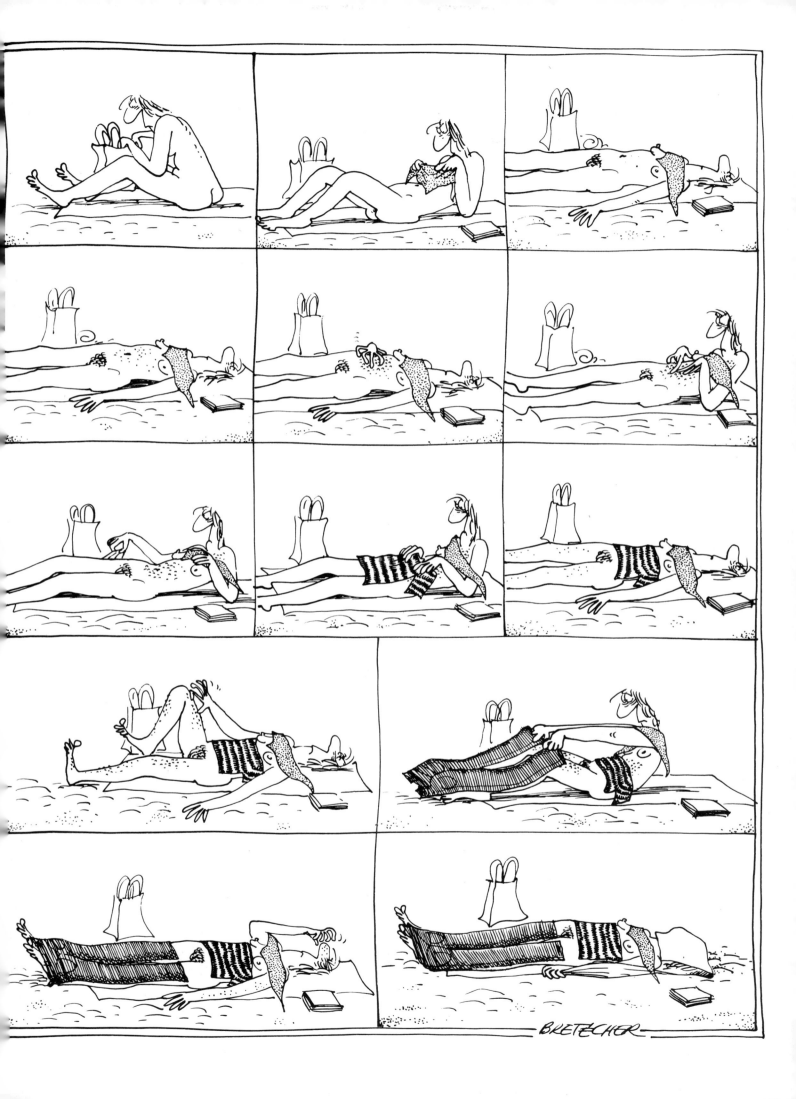

DAS FÜNFTE RAD

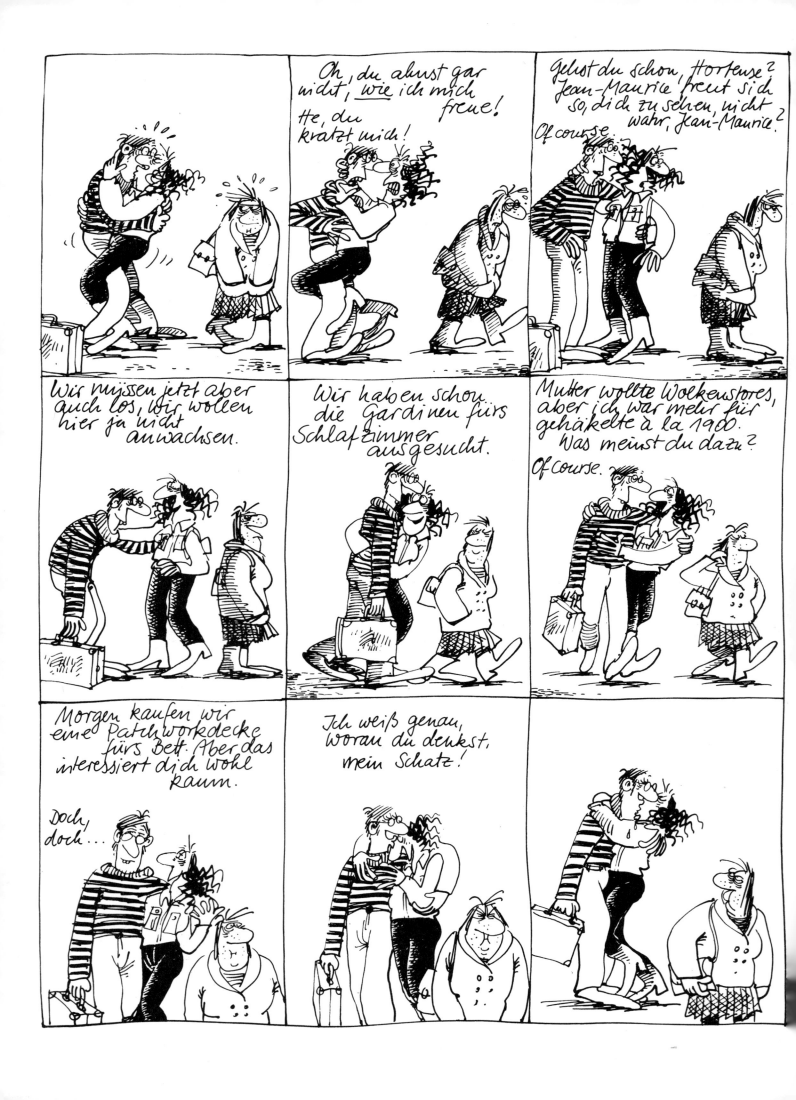

Bleib doch, Hortense, du störst uns nicht!
Oder bist du geschockt? Gib's ruhig zu.
Ich geschockt? Phhh!
Hortense ist nämlich ein anständiges Mädchen.
Was du schon weißt.
Nicht aufregen, sollte ja keine Kritik sein, nicht, Jean-Maurice?
Of course
Ich bin übrigens auch ein anständiges Mädchen, Liebling.
Das wolln wir doch hoffen!
Liebling, ich halt es nicht mehr aus. Laß uns jetzt gleich in ein Hotel gehen...
In ein Hotel? Mit meiner Braut? NIEMALS!
Ich Schaf! Mutter erwartet uns Punkt eins zum Essen.

DER AUTOR IM RAMPENLICHT

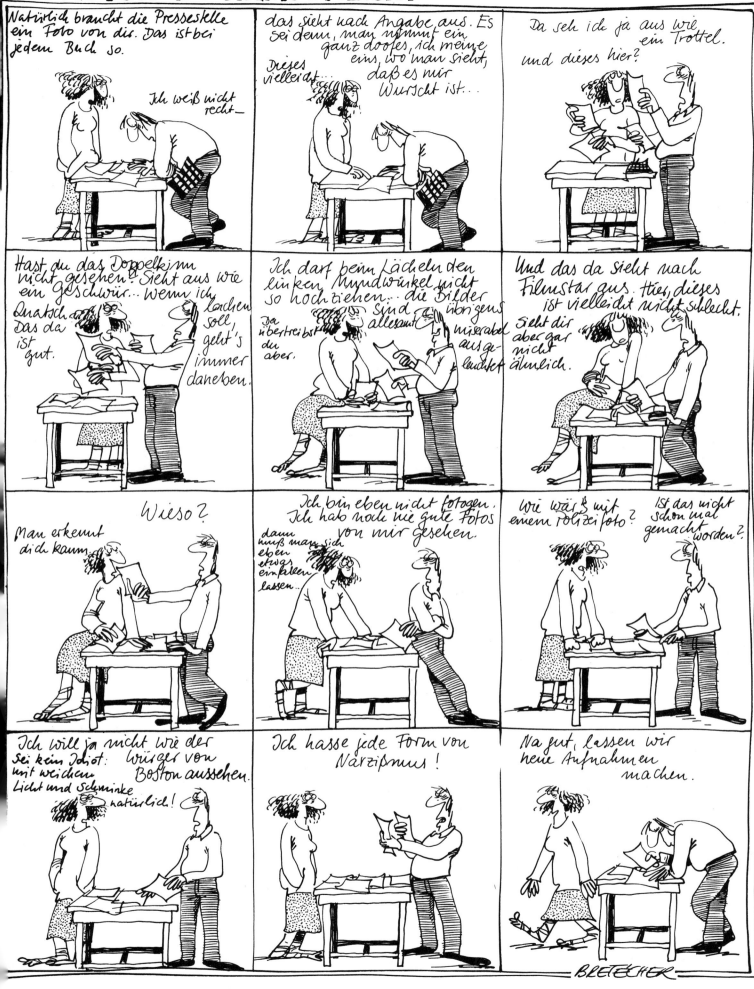

ZURÜCK ZUR NATUR

GRÖSSE 40

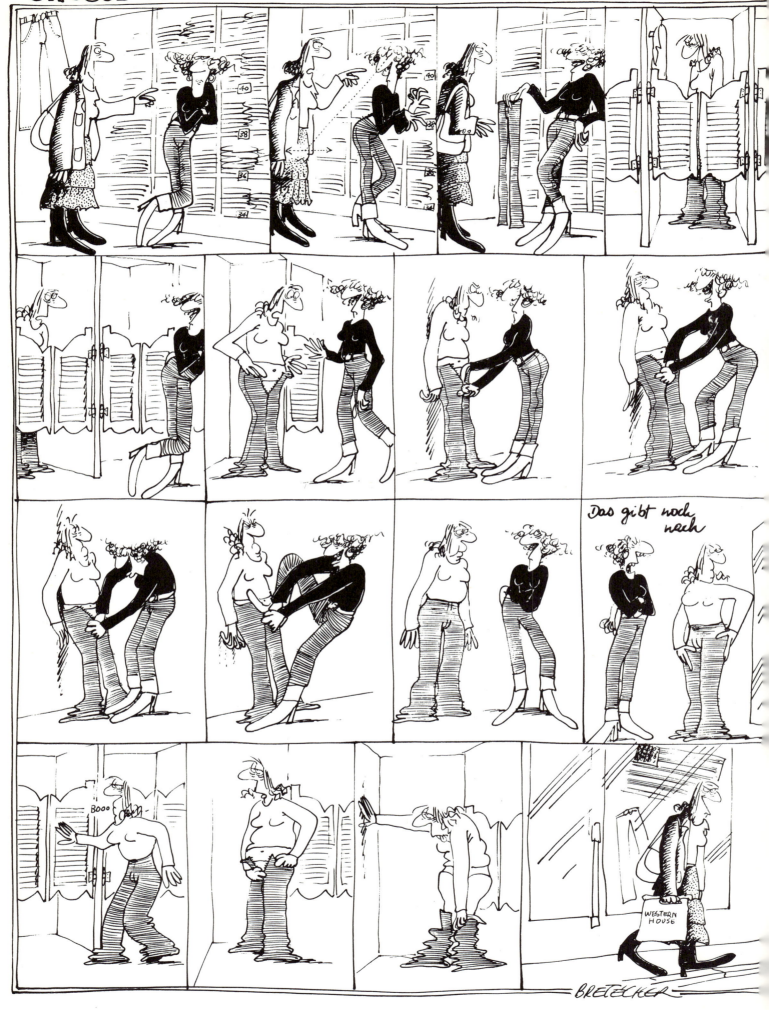

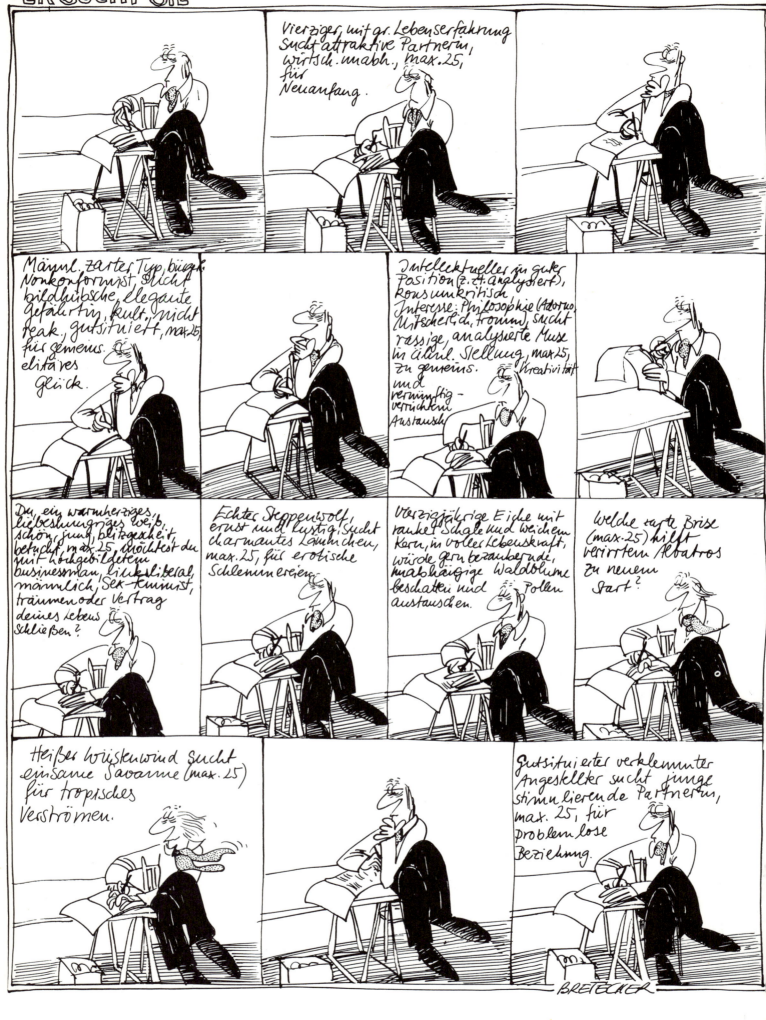

Claire Bretécher

«Anderswo als andere Cartoonisten sucht die Französin Claire Bretécher ihre Opfer: sie sieht sich in ihrer nächsten Umgebung um, bei denen, die sich selber ‹die Szene› nennen und für den Sauerteig der Welt halten. Die Bretécher, selber noch jung mit dem Vamplook als Arbeitsmaske, hat die selbstgebastelten Probleme und die faulen Ausreden einer ganzen Schicht von den Altersgenossen bis zu den Jüngsten nicht nur mit einem sicheren Strich zu Bildergeschichten verarbeitet; sie hat ihnen auch aufs Maul geschaut und ihren Jargon als Texte benutzt; Rita Lutrand und Wolfgang Mönninghoff haben das mit solcher Sprach- und Milieukenntnis übersetzt, daß der deutsche Leser in den ‹Frustrierten› auch gleich ein Wörterbuch des neuen Über- und Mitmenschen geliefert bekommt.»

Clara Menck, Frankfurter Allgemeine Zeitung

Die Frustrierten 1

72 Seiten Comics. Kart.

Die Frustrierten 2

64 Seiten Comics. Kart.

Als Rowohlt-Nachttischbändchen ist erschienen:

Frühlingserwachen

Zwei Bildgeschichten für frustrierte Eltern
120 Seiten. Geb.

Rowohlt